나는 실버 통역사

I'm senier interpreter

나는 실버 통역사

초판인쇄 | 2021년 11월 20일
초판발행 | 2021년 11월 30일

지 은 이 | 강언관
펴 낸 이 | 배재경
펴 낸 곳 | 도서출판 작가마을
등   록 | 제 2002-000012호
주   소 | 부산광역시 중구 대청로 141번길 15-1 대륙빌딩 301호
        T. 051-248-4145, 2598 F. 051-248-0723 E. seepoet@hanmail.net

ISBN 979-11-5606-179-3 03810 정가 10,000원

※ *본 시집은 한국예술복지재단의 디딤돌 창작기금 지원을 받았습니다.

ΛΛ/ 한국예술인복지재단

나는 실버 통역사

I'm senier interpreter

강언관 시집

도서출판
작가마을

황창재(시인)

 시집을 낸다는 것은 두렵고 즐거운 일이다. 우선 자기정리를 위하여 다음으로 또 다른 도약을 위하여 그리고 새로운 꿈으로의 세계를 홀가분하게 출발하기 위해서도 실로 두려움보다도 확실히 즐거운 일이며 뜻있는 일이다.

 강언관 시인은 자신이 몸담고 살아가야 하는 현실의 어두움 때문에 좌절하지 않고 그는 언제나 허위의 세계에 대하여 긴장하고 더욱 눈을 반짝이며 우리 삶이 걸어가야 할 큰길을 찾아내기 위해 자신의 시심에 불을 당긴다.

 그의 시는 체험에서 우러나오는 사회적 현상을 들추어내면서 곧은 목소리로 노래하고 있다. 그리고 살아온 여력에 대하여 그의 양심적 고백이면서도 하나의 시인이 되기 위한 끈질긴 태동이었음을 말해준다. 강언관의 시는 음미하고 음미해볼 가치를 갖는다. 한편 한편의 시가 우리들의 가슴을 적시고 울림을 주는 것은 시가 진정성 있고 예술적 형상화의 아름다움을 기본적으로 내장하고 있기 때문이다.

 상처 입은 진주조개가 진주라는 영롱한 보석을 만들어 내듯이 삶의 무상함과 현실적 상처를 오히려 맑고 영롱한 시로 정화하고 승화 해내는 시인의 곡진함에 가슴 먹먹해진다.
 시인의 고통스런 작업에 경의를 표한다.

수평선이 보이는
바다가 늘 가까이 있고
파도가 하얗게 부서지는 것이 좋았다.
검둥이 같던 어린 시절
깡충깡충 뛰어다녔던
한 여울 바닷가

自省의 흔적을
일기장에 옮기는 것이 습관이 되었다.
남달리 에너지가 많아
여기저기 기웃거리는
노마드가 되어 설쳤다.

아버지를 닮아 길을 찾는
나그네들에게는

한발 다가서 밝은 미소,
성의 있는 말로 안내하는 걸
보람과 행복으로 여겼다.

저의 맑은 성의를 보시고
포용하여 주시었던 님들

아름다운 이 세상을
같은 걸음으로
걷게 하여 주신 것을 늘
고마운 마음으로 내 가슴에
간직하고자 합니다.

2021. 11. 11.
강은관

차례

추천사 ······························· 005

시인의 말 ··························· 006

제1부

문탠로드 ······························ 015

봉래산 ······························· 016

홍진벽산 ····························· 018

해운대 ······························· 019

도송都松 ····························· 020

남천동에서 ·························· 022

영도다리 ····························· 024

연화리 ······························· 025

부산이여 ····························· 026

트로트 ······························· 028

진주 남강 ···························· 030

바다 족욕장 해운대 ·············· 031

은행잎 ······························· 032

고향 ································· 034

강언관 시집
나는 실버 통역사

제2부   흐른다 ······························ 039

12월 초하루 ····················· 040

코비드 19 ························ 042

스마트폰 ························· 044

캣맘 ····························· 046

사이펀 ··························· 048

몽夢 ····························· 050

이름대로 산다 ··················· 052

반려견 울라 ····················· 054

자빠지네 ························· 056

참 허망하다 ····················· 057

참꽃 ····························· 058

3월의 끝자락 ···················· 060

삶 ······························ 062

노래 부르재! ···················· 064

무제 ····························· 066

차례

제3부

아내 · 069

양왕용 시인 · · · · · · · · · · · · · · · · · 072

남천 황창재 시인 · · · · · · · · · · · · · 074

동문수학 · · · · · · · · · · · · · · · · · · · 076

나는 실버 통역사 · · · · · · · · · · · · · 078

울 엄마 1 · · · · · · · · · · · · · · · · · · 080

울 엄마 2 · · · · · · · · · · · · · · · · · · 083

작은 며느리 · · · · · · · · · · · · · · · · · 086

쌤 · 088

길안내 봉사 B팀장 · · · · · · · · · · · · 089

우는 신부 · · · · · · · · · · · · · · · · · · 090

장례식장 · · · · · · · · · · · · · · · · · · · 092

제대로 살피지 못하는 사람들 · · · · · 094

나 · 095

시집가는 지연아 · · · · · · · · · · · · · · 096

TN의 석도錫道 · · · · · · · · · · · · · · · 100

그림 · 103

동창회 · 104

종이 · 106

강언관 시집
나는 실버 통역사

제4부 자운정紫雲亭 ···················· 109

저 언덕에서 ················· 110

지하철 ····················· 112

어지러운 세상 ··············· 114

통풍 ······················· 116

장마 ······················· 118

쪽배 ······················· 120

우정 ······················· 122

이상한 하늘 ················· 124

행복보금자리 ················· 126

청자다방 ····················· 128

밤바다 ······················· 129

APT 비가悲歌 ················· 130

강을 건너서 ················· 132

발문 | 격려사 _ 조동운 ········· 134

해설 | 노년의 일상을 보람 있게 ··· 142
      보내는 방법으로서의 시

      – 양왕용(시인, 부산대 명예교수)

나는 실버 통역사

01

문탠로드

수평선 아스라이
저기는 대마도
파도소리만
가득한데
고운* 선생님 다가오셔서
말 걸으시네

햇볕 노래하며
태종대
이기대
해운대
어우러져 춤춘다
나도 따라
어깨 가벼워라
물빛 미소 지으며
파란 꿈
비바람
긴 흐름
해동의 벗이로다.

* 孤雲 崔致遠

봉래산

금정산 고당봉 터줏 할매
맨 끝자락 봉래산 영도 할매
가마솥 부산을 지키시는 신령하신 어머님

1945년 해방의 봇물은
여기서 소용돌이 쳐서
관부연락선 뱃고동 울어대고
1950년 6.25 사변 터지자
이북 5도민 밀려오고
전상자 치료소 복음병원이 자리하였다

겨울 추운 날에는 오징어 만선 배
가을에는 고등어가 지천이라

대평동 선창에는 지폐가 밟히고
연탄불에 구운 고갈비와 막걸리
그래도 인정 메말라 비틀어서 버리지는 않았다
오늘 같은 좋은 날을 그땐 생각지도 못하고 지냈었고
그래도
세월은 강물처럼 흘러서

난
힘들어서 자동차를 물리쳐 버렸다

영도대교
부산대교 남항대교
부산항대교
문어다리처럼 되어
사통팔달 뻗어 나간다.

홍진벽산紅塵碧山

지옥 같은 곳에서도
마음 고요하면
푸르른 초원이
되리라

청산에 있으되
마음 공허하면
먼지 속
아닌가

공주 같은 아내
여왕 같은 마님
함께하면

이것이
선경仙境 아닌가.

해운대

아득히 대여섯 섬
비껴나 무심 하고
망연히 조는 이기대

동백꽃 떨어지는 붉은 섬
갈매기 두셋 한가로워라
휴일도 아닌데 몰려온 사람들
달아나 버린 푸른 날을 찾고 있다

태산 같은 빌딩은 키 재고
옹기종기 다정스런 필봉筆峯
엄마 품 장산자락
지쳐 버린 수레바퀴
고쳐 가는 구남온천.

도송 都松

묵언경청默言傾聽만
하시더니
정오正午께
영하의 북풍
눈 힐금 보내시고
저를 불러 세우셨다

산중거사로만 보니
더 이상
참을 수가 없으시다고

매연과 경적소리에
부대끼다가
골다공증으로
요즘에는
관절이 뒤틀려
절름발이가 되었다

밤낮 통증으로
잠을 이룰 수가 없고

부스스한 모습에
탈모까지
내 꼬락서니가
한심하기 그지없습니다

천년을 지키려 하였건만
틀렸다고
고개를 절래 절래
어째 달래 볼 수가 없습니다

오늘도
한파가 펄펄 살아
미친 듯 발길질을 해대고
차도에 서있는
도송가족都松家族은
마음이
얼어붙고 있습니다.

남천동에서

녹색 정원 유리창 너머
반짝 반짝 샛별
싱그러운 마음
펌프질 하네

단팥죽 한입
혀끝에 감도는
부르스 한 스텝

싸-한 슬픔
날려 버리지 못 하고
전철로
여기 앉았네

하릴없는
뉴질랜드 하얀 노인
오라는 이 없어도
팔도를 유랑 삼아
이곳저곳
기웃거린다

〉

기소불욕 물시어인己所不欲 勿施於人이라
공자님 말씀
듣도 보도 못한
무지랭인가

술시戌時라
혀끝이 점가漸加 하여도
친구 부르기
쉽지 않구나

우거寓居로 들어
서책이나 만지고
붓 자랑이나 할거나.

영도다리

할멈 바람 매서운
영도다리에 서니
봉래산 정수리와 마주쳐

해는 천마산 뒤로 숨었는데
갈매기 날갯짓하는 자갈치
문어장사 국민교 동기 문자는
전기장판에 누워 허리를 지지고
옆 점포 산곰장어 아지매
핏발 오른 눈망울 무겁게 걸고 있네

현인이 부르는 금순이는 보이지 않고
기력 빠진 친구들 모습 뿐
어찌 저리도 변했능교

포항물회도 화중지병이요
매운탕 국물만
치어다보는 내 친구야

철없이 떠돌던 세월은 가고
늙은이 되어 앉았네.

연화리

181번 대변 가는 버스
네 사람 뿐인데
도리우찌에 청바지
노오란 슈즈 아저씨
가을 향 풍기는
중년 여인
바로 옆자리에
앉는구나
단풍잎 마음은 발그레
무정한 사랑 이야기

어쩔 수 없는 머슴아
물어보지 않아도 알만하다
동해바다
수평선
가슴 열리어
청청한 해송
옷깃을 붙잡는데
버스는
연화리를 달린다.

부산이여

코리아 어게인 나훈아!
부산 사나이 답다
부산은 마더시티다
부산은 나라가 가장 어려울 때
국민들을 얼싸안고 함께 이겨 냈다
그런데
가덕신공항 하나 만들려 해도 딴짓 정치하는 버러지들
그래도
부산은 가마솥이라
정말 배고플 때 꼭 필요한
가마솥 되어
따스하게 먹여 줄 것이다
부산에 사는 사람은
모두 부산 사람!
긍지를 가져라
참된 부산 사람임을 자랑하라
그 누구도 깔보지 못 하리라
부산이여!
부산 사랑 만세!
나훈아는 자랑스런 부산 사나이다

코비드19에 지친 우리들을
진정으로 위로해 주었네
시원하게
테스형을 불러 물어도
인생은 잘 모른다는 것
춤추고 노래하며
잘 놀다 가야지.

트로트

먹먹한 가슴
짓누르는
미아리 눈물고개
철사 줄로 두 손 꽁꽁 묶인 체
전쟁의 처참함이여
저며 드는 슬픔이여!

비가 오나 눈이 오나
바람이 부나
그리웠던 30년 세월
이산의 슬픔으로 헤어진
누이와 오빠가
부둥켜안고
뜨거운 눈물을 보였던
그 노래!

들으면 가슴이 뚫리고
부르면 가슴이 시원해
함께 부르면 형제자매가 된다

슬픈 사랑은 아름다운 것
보랏빛 엽서
남겨진 추억 아련해 하고
노래 부르니
더 가슴이 아려오네

집콕의 코 펜데믹 전시사태
답답하고 오가지 못하는
귀와 눈을 사랑해준
트로토의 정감이여
우리들 애환
어루만져 주는
사랑의 멜로디!

진주 남강

붉은 입술보다 외로운 강물은
대나무 같은 기개를 키워주는 젖줄
새벽이슬 같이 맑고 영롱하구나

종심從心의 짧지 않은 세월에도
하얀 유니폼의 사관생도 보다
당당한 발걸음으로 걸으며

세상사 웅전의 기백은
당겨진 활시위처럼
강인하고 도도하고나

달과 별을 아끼고 사랑하는
천진한 서정도 녹슬지 않아

우리들과 함께 숨 쉬는 촉석루는
고독을 벗하고 있구나

의암의 사공이여 일어나
차가운 남강에 배 띄어주소.

바다 족욕장 해운대

김이 모락모락
38℃ 천연온천수
수평선 위 그림 구름
밝은 태양 바로 내 앞
무릎아래
종아리
두 발은 족욕 중

상쾌한 바닷바람
내 영혼을 어루만지네
음악소리는 경쾌한
웨스턴 팝
절로 어깨 흔들리네

수평선엔 남쪽으로
미끄러지는 철선
봄 마중 나온 사람들
여기는 해운대
신라여왕 온천욕 하던
거북이 온천 족욕장.

은행잎

사뿐히
내려앉는다

저 값지고
아름다운 자태
스르르
내려앉으며
나를 부르네

비도
바람도
사납지 않고
조용
조용히
함께 가련다

짙 푸르고
늘름하고
씩씩한
젊음

다 써버리고

청자 빛
하늘
그윽한 사모의 계절에
조신하게
나의 가슴에
내려앉는다.

고향

엎어지고
넘어지고
부딪쳐
상처 나고
찢어졌던
그래도 지칠 줄 모르던
검둥이
여름엔 한 마리
애기 돌고래 되어
노닐던 그 바다
탄탄한 육질을
만들어 준 곳
오늘은
오래된 골목 어묵집에서
바다 향기를 고스란히 담아
서울 고모님
일산의 누나에게
그리운 고향 맛을 보낸다
나에게 익숙한 고갈산은
봉래산이라 옛 이름 되찾아

그윽하고
정겨웁고
할매 정기 받은 영산靈山

청년의 혈기로
산지당 위 바위 계곡 쉼터
춘하추동
냉수마찰
단련장이라

일요일은
서기 충만한 태양을 경배하고
불사조의 정신을 심어주소서
간절히 빌고 빌었습니다.

나 는 실 버 통 역 사

02

흐른다

세상은 나를 외면 한 채
강물은 눈치 없이 흐르고
아해들은 고목 보듯 무심하다

하기야
지장보살의 세계로 들어가
귀도 입도 사라져 버린
무심한 흙 같은 존재

촛불의 행진으로
강물은 출렁이고
바람도 미친 듯 날뛴다

서울의 하늘은 붉게 타오르더니
젊음이 차지해버린 회색 커튼이라
무력한 발걸음 헛발질
소주잔 만 서럽다

그래도 봄날은 간다
뒷집 개가 짖어도 달은 다시 뜬다.

12월 초하루

오라하지 않아도 가야만 하리!
내 영혼 어루만져 주는 저 산야로!

바람 차고 거세어도 맞서 나아가리라
배고픔과 에이는 살 참기 어려워도
정상으로 나아가리라

발아래 고개 숙여 조아리는 저 산야를 보리라!
고난을 업고 침묵하게 하는 마지막 순간

눈길 따뜻한 말,

생각하리라 그대를!
별처럼 많은 순간
매몰되는 성의를 일으켜 옥구슬로 꿰어
나의 염주 삼으리라

일각도 깨어 있게 하여 주소서!
태산 같은 성城이라도 구멍 하나 뚫리면
무너지는 것인즉

〉

간구하오니

지혜를 주시옵소서.

코비드 19

20년 전 독서계를 휩쓸어버린
시오노 나나미
'로마인 이야기'
책장 맨 위쪽에서 깨워보니
빛바랜 페이지
눈에 잘 맞지 않은 글씨체가
그래도 로마가 낳은 유일한
창조적 천재
왔노라, 보았노라, 이겼노라!
역사의 영웅
율리시아 카이사르!
숨결을 따라 함께 걸어보니
명문장, 명연설로도
언어 선택의 명장으로
로마인을 환호시킨
문무겸전의 지도자
BC 100~44년을 걸었다
코로나 19
집콕의 독서삼매라
또 남는 시간이라

5체 천자문 서첩을
손으로 만들고
모필을 다듬어
정성껏 임서하니
오천 자를
보름 걸려 써버렸네
그 뜻이 새롭고
필력까지 힘차게 되었다

아직 펜데믹!
지구는 바이러스 전쟁 중.

스마트폰

출근하는 전철 속은 모두 고개 숙인 사람들
아침인사도
뉴스
일기예보
업무연락
공지사항도
연인의 밝은 얼굴
고향의 부모님께도 문안인사
결혼 청첩장도
장례 부고
은행 입출금 체크도
길을 찾아가는 내비게이션도
무엇이든 알 수 있는
무소불위의
만물박사가 되게 하는 스마트폰!
내 영혼의 또 다른 기관이다
그래서 두고 오면 심장 빼 논 자
서로 마주보며 눈과 가슴
떨리는 대화는 사라지고
모두가 외로운 발걸음으로

사막처럼 황량한 세상으로 걷고 있다
세상 어디에도 나의 시선을 보내어
아니 가본 곳이 없다
모두가 내 곁에서 맴돌고 있다
가짜가 가짜 같지 않고
진짜가 가짜 같은
어지러운 영상들
창의는 비틀거리고
지식은 날개 춤
어지러운 세상이로구나!
그래도 세상의 흐름에
파도를 타듯
외면할 수 없는 우리들 세상.

캣맘

4월의 이른 아침
거치른 바람 스산해
옷깃을 여민다

고요한 새벽을 쫓아
베이비 카에 실은
사랑의 조찬

윤기 있는 밍크 옷 입은
검은 고양이 네로 인 듯
당당한 걸음
약속한 듯 마주 하네

성찬에 여유로운 자태
안방 제왕시절로
잠시 돌아간 듯
캣맘 과의 사랑은 순간에 사라지고
노숙의 서러움을 삼킨다

재간동이 견공의

안방이 되어버린
잃어버린 세월이여

검은 고양이
네로는
서럽다.

사이펀

참 묘하다
사이간[間]
재미fun의 뜻?
순 우리말과 영어로 비벼서 만든 말
사이를 재미나게
재미나게 사이를 만든다

재미있게 놀자는 것

재미가 별거더냐
장단을 맞추고
추임새를 잘 넣어야 한다
아무리 재미난 말을 해도
호응이 없으면 시들해져 버린다
공감하는 마음
배려하는 마음이요
사랑하는 마음이요
좋아하려는 마음이라
가까이 하고픈 마음인데

늘 함께 있어도
말이 없어도
기분 좋은 이가 있다

바라만 보아도
기분이 좋아지는 것이라면
더도 덜도 필요 없다

'사이펀'이다.

몽夢

시꺼먼 동굴 속이
밤 깊어
저도 없고
나도 없이
배는 세월호
파도도 졸고
근심도 졸고

소리조차
증발하고
귀는 누워 있었다

내 값을 태그에 달아놓고
이래저래
붉어지는 얼굴
홀로 뒤척인다

간다
그래도 간다
내 발길 따라

뚜벅뚜벅
그래도 간다

여명을 맞으며
자유로운 바람 광장
등뼈를
곧추세워
팔괘행선八卦行線*
신 들여
밟는다

설산준령의
백호를
그리워한다.

*八卦內攻은 佛敎 修鍊法 中 하나로 心身의 安定을 가져다 준다.

이름대로 산다

사람은 이름대로 산다
난
날개 달린 사념의 굴레를 벗지 못한 채
이곳저곳을 25년이나 해매이다가

찔레꽃,
맛깔스럽고 구성진 가락으로
영혼을 흔들어버린
그 이름 장사익張思翼!
사람은 이름대로 살고 있구나

내 이름 언관彦寬이라 부르며
아버님께서 백면서생이 되어라 하신 것은 아니지마는
너그러운 선비라 이름 하니
평생 그렇고 그렇게 살아오더니
일흔이 지나
붓 자랑만 하고 지내는 나의 모습

아내는 차순次順이라 부르며
두 번째 딸이라 지은 이름일 뿐인데

부지런하고 일만 하는 착하디 착하기는
둘째가라면 서러운 현모양처이지요

그 덕으로 지내는
못난 바보 남편 언관이라
이름대로 사는구나.

반려견 울라

이웃 풍곡 방앗간
멧돼지 아지매
영국 신사풍의
반려견을 모셔왔다
힘들고 지친 맘을
그 누가 위로 해주리
상큼하고 날렵한 울라와
나란히
산책하며
맺혀있는 가슴도
시원스레 풀어주리라
그런데
울라의 마음은 괴로워
낯선 방앗간의
소음과 기름 냄새
멧돼지 아줌마 외는
그 누구도 따뜻한 눈길을
주지 않아
불편하고 낯설은 시간
이었다

오늘은 힘껏
아니 내 기분대로 달려가야지
산수갑산에 간다 해도
달콤한 장산
신선한 바람을 만나 보리라

일요일 새벽
아침산책을 준비하는 틈에
우동천으로 힘껏 달려 나가
성불사 부처님께
참 자유와
성불의 소망을
빌어야지
그런데 인간세상에서는
개 팔자가 상팔자 라고—

자빠지네

미투로 자빠지는 넘들
가관이다
정상이 바라다 보이는데
죽을 힘 다해
여기까지 왔는데
제 발에 걸려
허망히 사라지는 구나
밤과 낮
구분 못하는 잘난 놈들
내로남불
세상이 미쳐있다

조물주의 탓일까
못난 수놈들
잊어버린 반쪽을
제대로 알지 못하는
머리 없는 버러지들.

참 허망하다

참 허망하다
참 기가 막힌다
참 놀라겠다
참 그런거다

효도
촌도
사그라들고

면도
자긍도
위도
어디에 있나

다
무너지고
황무지

나 말고
다
지워버리다.

참꽃

반갑다
호젓한 길목에 서서
부끄러운 듯
바알간 얼굴이 되어
반기는 너

바람은
아직도 겨울 옷자락을
놓지 않은 채 서성이고

오로지
금정金井救!
너 그리워친구
친구親旧와 둘이 나섰다

어젯밤
바람과 비는
밤잠을 접어두고
이렇게 퍼부어
골짜기에

폭포를 만들었네

철선처럼
큼지막한
바위에 둥글게 앉아

점심을 드는 멋진 사람들

3월의 끝자락

광명의 수행으로
날개 달린 몸이 되어
새벽이 가벼워라

경건한 오체투지 백팔 배
세상의 창을 연다

내일도 오늘 같은 새벽을
조심스레 14×4 계단을 오르고
다시 내려 또 오르리

보무당당 청춘의 꿈
아직도 가슴에 묻어두고
대한국인大韓國人 안의사安義士의 단지斷指

여명에 스치는 사람들
내일도 만나려는지
언제까지 계단을 밟으며
E/V를 외면할 수 있을까

다 떨어진 신발처럼
너덜거리는 동기들
밥풀조차 삼키지 못하고
애처럼 흘어버리는 밥알

저 혼자 청춘인양 버텨도
보이지 않는 내일을 장담하랴

자연에 순응해 균형보이는 벚꽃나무
허약한 그 나무라 누구가 아랴
어느새 의젓하고 당당한 모습

먼데서 벗님 찾아오신다니
큰 기쁨이어라.

삶

  – 안전사고를 당한 매부를 위하여

이승의 고해苦海라도 좋구나
저 푸른 하늘과
맑은 바람을 맞으며
호흡하고 싶어라

잘려 나가는
튼튼하고 믿음직한 나의 다리여

내 생의 전부처럼
저 싱싱하고 다부진 다리 하나로
청춘을 넘기고
사선을 뛰어넘어 왔노라

나의 충직忠直하고 용맹스러웠던
무쇠다리

저 山
이 山
넘나들며 건각이라

별을 보고
찬바람 바로 맞으며
어시장을 안방처럼
누비던 나의 강철다리

어디론가 잘려 사라진
나의 하지下肢여

저 山 저 바다
아득하여라
언제 자연의 품으로 안기려나
나 남은 生 고해苦海라도 좋으니
함께 숨 쉬며 있으리라.

노래 부르자!

황성옛터
알뜰한 당신
타향살이
봄날은 간다
희망가
공空
테스형
코로나 펜데믹 시대를
트롯으로 이겨낸다
지금은 트롯시대
삶의 그늘을 살피고 위로해주는 노래의 힘
공감과 공생의 에너지를 만들어 주는 리듬
가무음곡
우리민족의 DNA
우리들의 비타민
노래는 즐거움을
노래는 슬픔과
고통을 어루만지고
노래는 사랑을 부르고
노래는 희망을 만들고

노래는 용기를 북돋고
노래는 성공을 만들고
노래는 풍요를 이끈다
노래는 바로 우리네 인생!
노래를 부르며 가자!

무제

여생의 터전
경건한 성지로
영천 상리땅

기대는 어긋 나기도 하나
기도는 꿈을
땀은 결실을

생명의 엄마
거룩하신 땅

땀과 피
버무려
성지로 태어나리.

03

아내

칠순 나이 들고 보니
이 세상 가장 소중한 게
아내인 것을
사내라고 바깥만 돌며
헛발질도 많았더라

칠순 들어 되돌아보니
금쪽같은 아내인 것을
미처 몰랐더라
사내라고 큰소리치며
허세도 많았더라

칠순 들어 생각하니
부끄러운 일 하나 둘 아니었구나
날씬하고 허리 가는 여자
젊은 여자면 좋았는데
주름진 아내 얼굴 보니
미안한 마음에 눈물이 핑 돈다

칠순 들어 생각하니

양갓집 공주님을 신부로 맞아
단칸방 셋방살이에도
아웅다웅 희망 가꾸고
아들 낳고 티브이 사고
알콩달콩 살았다네

칠순 들어 생각하니
20대 공주님을 모셔놓고
아내라고 마구 대했는데
이젠 철들어
공주님이 아니라
여왕으로 떠받들고
살아가리라

칠순 들어 생각하니
아들 둘만 낳아 딸이 없어도
부족한 줄 한 번도 몰랐더라
이젠 우리 곁을 멀리 떠나
자수성가 하였으니
부러울 게 없어라

〉

칠순 들어 생각하니
무어니 무어니 해도
함께 살아온 긴 세월
아내 있어 버티어 왔고
단 한 번도 원망 없이
묵묵하니 날 지켜준 아내

칠순 들어 바라보니
내 아내가 천하미인이라
양귀비가 무색하여라
보고 또 보아도 예쁜이라
어디에서 옥돌 같은
내 아내를 다시 만나리.

양왕용 시인

동그라미 여섯 든 이름
돈 많고
양양하며
용맹스레 살아라 하네

남해 창선 청정바다에서
영남 명문
진주고로 유학하고
경북의 진산
팔공산 닮은 경북대에서
나라 걱정하며
동량 키우는
선생님이 되었네

개나리꽃 색깔
원피스 입은 선생님을
아내로 맞이하여
원앙처럼 사시며
아들 둘을 두셨다

큰아들과 며느리는
아버지의 유타주 방문교수의
추억어린
미국여행을 함께하며
노령의 부모님을 섬기는 고나

재물보다
인생의 참 멋과 맛을 찾아
뮤지션, 여행 작가로 사는
대견한 아들과
자랑스런 착한 며느리

내외분은 문학인으로
향기로운 자연인으로.

남천南川 황창재 시인

따뜻한 남쪽으로 흐르는 강물이라
봄볕 같은 온유
물 같은 인내와 지혜
겸손과 배품을
저 흐르는 강물처럼
어눌한 듯 하나
따스한
생각 깊은 느림이라

알파인 크럽에서
백두대간을 설렵하고
전국의 산야를 누비며
산 사나이 바위 같은
우정을 엮어온 지도
어언 반세기라

일생을 서책과 더불어
살아오신
낭만의 서정이
남 다른 깊은 정

부끄런 듯 감추어 오다
시인으로 맘껏 노래하니
그 향기 천리만리

복록을 다 누리시니
처복이 제일이라
온후하신 여왕을 두셨다네

두 자녀기 효자라네
아버지와 어머니의 산수연
남천 황창재 시집
설야 출판기념 잔치를
성대히 마련하였으니
우리 모두 축수의 박수를 보낸다.

동문수학

금란지교
전설
부러워라

주경야독
청운시절
장유長幼
크라스 메이터

붉은 서쪽하늘
황령산 자락
캠퍼스
뜨거운 몸이었지

시험지 앞
부끄러운 눈
친형
보듯
마음 쓰고

세월유수
고희 넘겨
어머니 가슴 찾듯
그리워

나는 실버 통역사

화 목 토
정오부터 오후 3시까지
여러 나라 사람들을 만난다

나의 환한 미소가
오고 가는 그들에게
따뜻한 사랑의 향기를
소망한다

오늘은
항공모함 "로날드 레이건 호"
활기찬 미국 해군의 승무원들
귀를 쫑긋하게 세우니
해동용궁사를 찾는다

말레이시아 젊은 여자들
감천문화마을!
전철을 서면에서 갈아타고
1호선 토성동역에 내려
마을버스를 타세요

일본 젊은이 커플은
김해공항을
여기서 전철을 타고 한 시간 가량
사상역에서 내려 경전철로
김해공항을!
와까리마스까?

우물쭈물하면
함께 가서 티켓을 뽑아주고
잔돈을 바꾸게 하고
큰 가방은 쉽게 나가는 문을

세계의 젊은 여행객과
나누는 미소가
너무 좋다
3시간이
너무 빠르게 달려간다.

울 엄마 1

조용하고도
쓸쓸한
갯가

그래도 사랑과 평화로
짜 만든
낮은 울타리

가시내는
고고한 장닭

대한해협
포성으로 몸부림칠 때

높은 고갯길
잠깐 쉬어 뒤돌아보며
그래도
어금니 깨물고
두 손 불끈 쥐었네

뼈대 센 집안
7남매 큰 며느리가 되어
전쟁 같은 나날을
헤쳐 왔네

울 엄마 구름 잡힐 듯
높은 고갯길에서
뒤돌아보다가도
어금니 깨물고
두 손 불끈 쥐었지

잠 설치며 서성대도
앞은 안개 속이네

무심하게도
조개만 보아
고개 숙여 무거운 걸음뿐

내 배는 달처럼 둥글어가고
그래도 고추라 믿고 싶었다

〉

밟아 죽일 왜놈들
달아나기
다섯 달을 앞두고서
하늘보다 높은
옥동자를 보셨네

광명천지
몰고 온 아들
언관彦寬이라 부르니

크고 너그러운 선비여라.

울 엄마 2

칠 남매 누나
고명딸 울 엄니

칠 남매 장손
하이카라 오사카 이발사집
열 살이나 더 먹은
우리 아버지께 시집와

범 같으신 시어머니
달포에 두 가마 쌀에
치여 살았대요

딸 아들 낳고
알콩달콩 살고지고
허리는 휘어지고
하늘은 늘 노란색

광견狂犬을 만나
미쳐서 하늘로 가신
울 엄니는 스물아홉 동백꽃

〉
난 여섯의 젖먹이
동생 미화는 핏덩이
하루아침 지나서
동네 똥개가 되었네

엄니 없는 집보다
엄니 계신 하늘 좋아
여기저기
쓸고 다니는 난 똥개

여름엔 검둥개
겨울엔 코흘리개
하늘서 떨어진 별똥별 신세
밟히고 채여도
좋았다

울 할매는 냄새나는 똥개
외할매는 불쌍한 내 새끼
동네 아지매는 귀여운 강새이

〉

트럼펫 불고
시 쓰는 삼촌 따라
바다로 산으로
밤에는 엎드려 일기책 뒤적이는
형님 같은 막내 삼촌
밤하늘의 큰 별
대학생 막내 고모
비단장사 집 딸 과외선생님
귀여운 곰보 여학생과 공부하며
함께 있는 게 좋았다

하늘에서는
천수천안관세음보살
울 엄니
날 지켜보시고
밤잠을 설치시네.

작은 며느리

낙토 충남 스산 참 농부의

7여 1남 중

일곱째 딸

7전 8기

동생 아들 태어나

전주 이 씨 대를 이으시네

막내 딸

발길에 채이는 들풀처럼

살아 남았네

눈치 없고 말없는 산이 좋아

산 아가씨

산처럼 살으리라 하다가

산에서

동갑내기 찐 사나이 만나

어느덧

1녀 2남 두고

산 닮은 그대로

오로지 가족사랑

가장 아끼는 사위는

내 남편

공군 원사 내사랑
사랑비 내리는
부산 시댁은 아들만 둘
시 어머니
시 아버지
하늘의 축복
청산에 살으리라.

쌤

조무사 선생님!
조무사 선생님!
모두 나이가 있다
그러니 선생님
그저 잡일을 하신다

선생님!
어릴 적 선생님은 천상의 높이
우리와는 다른 천국 사람

근데
선생님!
선생님!
선생님!
모두가 천사

선생이라
묘한 느낌
위대했던 선생님도 천국으로
선생님이 많아 좋다.

길안내 봉사 B팀장

여든일곱의 청춘이시다
꼿꼿한 자세에
일처리는 명쾌한 젊은이
마음은 가슴 넓은 형님 같으시다

팀장수당으로 소금 메디 치약을
팀원들에게 선물 하시고
근사한 커피도 사시며
스스로 기분 좋아
너털웃음을 뿌리시는고나

우리 팀의 이 여사는
부처님 오신 날을 맞이하여
석가모니 부처님 부적과
청색 동그란 사리 같은 게 달린
목걸이를 선물하시었네

3시간의 함께하는 봉사는
역무원의 손을 들어드리는 것
안내 표지판만 제대로 보시면
어디든 찾아가는 길인데

우는 신부
– 조카 성엽의 결혼식에서

신부는 울고 있다
어머니
아버지께 절하고
시집을 간다
옆에 선 키 큰
신랑은 빙그레 웃고
신부는
흐르는 눈물을
막을 수 없네

잘못한 것만 보이고
잘한 것은 하나도
하나도 보이지 않는다

산 같은 신랑을 옆에 두고
울 것도 아니건만
눈물이 흐른다

새 출발의
두려움과

보이지 않는 미래가
눈물을 부르고 있다

잘 살 거야
어머니
아버지처럼
힘들게 살고 싶지 않다

우인들의 박수와
축복의 환호성에
난
활짝
웃어버렸다

우리의 새 출발을 위해
태양은 밝게 미소를 짓고 있다.

장례식장

 – 외숙모님을 보내며

하늘로 가는 간이역
작별의 만찬장
돼지수육과 소주 한 병
프라스틱 스푼과 나무젓가락
잘 익은 김치와 새알 같은 작은 떡

오랜만의 외사촌 그리고
배 서방 장 서방
이름도 모르는 조카
누군가 본 듯 한 모습 얼굴
달아난 형수와 마주친 듯...

아흔 넘으신 외숙모
눈은 뜨고 있었지마는
죽은지는 10년이 된다

영정 속 숙모님은
이제 갓 마흔의 미소 여인
슬픔의 곡소리는 외박 중

주머니도 핸드백도 없네
절값은 외상도 할 수 없고
헤아릴 수 없는 사람들
공손하게 절만하고 가는 고나

빚만 남기고 가는 길
발걸음만 무겁다.

제대로 살피지 못하는 사람들

화장실이 어디세요?
우대권은 어디에요?
동해선은 어디서 타야해요?
중국영사관 가는 출구는요?
성모안과 가는 길은?

시간당 9천원의 시급
시니어클럽의 3시간은
돈방석같이 든든하지만
가만 생각하니 걱정이라
나라 곳간이 거덜날거야

저의 파트너이신 구여사님은
일본에서 태어나 초등학교 다니시다
해방되어 고향으로 돌아오셨네
혼자서 중학교 과정을 마치신
여든일곱의 당당하신 할머님

나

떠나기 싫은 동장군
아침저녁 앙탈
겨울옷 입는 춘삼월

허우대는 젊음인양
으스대
액셀에 스마트기에
주눅 드는 古物

물욕만 넘쳐
덤비고 설쳐도
세월에 장사는 없네

安分樂土!
自足이면
행복 여기

어린애 맘
나도
천진난만
아해여라.

시집가는 지연아

봄비가 내리더니
오늘은 개였다
지연이 시집 가는 날이라
아버지는 밤잠을 설치며
저놈의 비마저 하고....

착하고 귀엽고
곰살맞던
그 애가 시집을 간다니

나와 저 애비가
마주 앉자
주안상을 차려왔던
그 지연이가
곱기도 이쁘기도 하더니

혼자 나가니
허전함이 얼마일까
새삼
북받치는 아픔이어라

〉

지연이가 혼자가 아니다
늘씬하게 큰
신랑의 팔짱을 끼고
나비처럼
사뿐 걸어 나오고
행복을 지어 보려지만
착잡한
그늘이 지나고나
수재로 보이는
하얀 피부
두꺼운 안경
후리후리한 키
신부를 맞이하며
가볍게 웃는 모습
눈망울의 움직임
하나하나
나의 렌즈에 걸리고
부디
행복해야 돼

아비 묫까지
살아줘야 돼

주례도
사회자도
내 친구요
신부의 아버지
김양헌을
단 한번도
불러주지 않고
그 자리에는
장교복 차림의
큰 놈이
아버지의 한일자
눈을 하고 있네

나에게로
달려온
차가운
친구는

건배를 하자고
이 좋은 날을 위하여.

TN의 석도錫道

시내市內 어딘가
공중전화 박스
거기서
들려오는
그때
그 목소리
나를 깨운다

칼칼하며
신의로 뭉쳐
늘
나에게
지주가 되었던
그 사람
나를 깨우고 있다

공허空虛
가난해지는
계절
봄비처럼

나를 적시네

코르도바
테네시주
만리타국에서
정겹고
귀에 익은
그 음성
나 곁으로
다가섰다

이제는
평정平定한
기름진 목소리 되어
신념으로 다가서고 있고나

이국으로
마지막 별리
서러워
하였건만

〉

아!
진정한 자유를
누리는 친구.

그림

마음의 모양
간절한 기도
나의 꿈

손끝으로 옮겨
그림이 된다
마음의 밭을
가는 게
이것이라.

동창회

해맑은 어리던 시절
그리워 다시 만났구나

세파에 부딪혀
검은 얼굴이 되어버린 그대

태양에 그을린
구리빛인가 했더니
속이 썩어가는
구린내 나는 얼굴

천방지축으로 뛰놀던
그때로
잠깐 돌아가고 싶어라

이리저리
부대끼다 지쳐버린
고향 잃은 나그네 신세

여기 한자리

옹기종기
올망졸망
시끌시끌
다시 모였다.

종이

한 字 라도
쓸 자리
남아 있는 것
하얀 색 밝은
그 뒤쪽은
마당 같은 넓은 자리

종이
내 손에 들어오면
그림도 글도
쓰고 싶어라

늦게 배운 도둑
날 새는 줄 모른다
못났던 나
잘 나고 싶어라

좋은 글
좋은 그림
그려 보고
쓰고 싶어라.

04

자운정紫雲亭

살구나무 그늘에 앉으니

연지蓮池 고요한 숨결 가까워라

옛 사우社友들 다정多情이 형제로다

마른 얼굴 여유로운 걸음 길

알뜰한 습관은 반점처럼 내 것

춘유春遊 회동수변 길로 걷네

자운정 평상에는 메기탕 내음

얘기 마중물 소주 한 잔 마시네.

저 언덕에서

허수아비가 되어
알곡을 지킬 수만 있다 해도...

갈 길은 멀고
산은 험준하게 버티고 서다

길이 앞에 서 있으니
나는 가야 하리

함께 걸으리라
햇볕이 내려 따가워도
바람이 불어 흔들려도
비가 와서 젖어도

철벅거리는 나의 길
무소처럼
설산雪山의 신령神靈님을 만나리라

해탈解脫의 가시면류관
반드시 머리에

<u>쓰고</u>

저 언덕

십자가에

당당히

오르리라.

지하철

지하철의 노약자석
일흔 넘은 노인들의 지정석
일반석에는 앉지 마라
그러면 옆 좌석의 젊은이가 달아난다

찌들은 체취가 역겨워
견디기 힘들다
젊은이의 상큼한 냄새 맡고 싶다면
차라리 산으로 가시라

노인들이여!
자기 자신을 알라
걸어가며 터져 나오는 방귀라지만
아무데서나 생리라며 날리지마
말도 조심해요
입 냄새가 향기라고 착각마라
백이면 백 노인들은 구취를 뿜는다
최소한 고려은단이라도 넣어라

등산복은 산으로 갈 때만

땀에 밴 옷으로
주위를 어렵게 하지마라
거기에다 막걸리 냄새까지
혼자 사는 세상 아니라오

좋은 옷 아끼지 마라
옷장 속에서 잠자게 하지마라
신언서판이란 말 모르는 가
입은 거지 얻어먹어도
못 입은 거지 멀리 한다네

지공거사!
이게 그냥 온 게 아니다
경제대국!
피땀 흘려 만든 훈장 같은 것
월남전 때
내 친구
형 아우의 목숨 바친 공든 탑이라네.

어지러운 세상

미소 뒤에는
또 다른 음모가 살아있고

입은 사실과 다른 세상에서
탈선한 채 미친 듯 달린다

그 알기 어려운 속셈을
깊숙이 간직한 채
여기저기에서 마주친다

낡은 옷차림에
지나간 세상에서
헤어나지 못한 나

또다시
알고서도
부딪히는구나

그래도
강물은 흘러서

바다에 이르는지

오늘도
구름에
나를 실어 보낸다.

통풍

자세가 곧추서지 않는다
오른쪽 발바닥에 혹이 생긴 듯 하다
걸음걸이가 이상해졌다
주물러도 시원찮다
분명 붉은 신호등이 켜졌다

무릎에 반 깁스를 했었지
엄지발가락이 부어오르고
면도칼로 베는 듯 아려왔던
통풍의 기억이여!

병은 먹는 데로 만들어 지는 곳
식원 병!
나의 통풍도 기세를 부리는 것

우정을 가지자니 건강이 위태롭고
건강을 챙기려니 우정이 소원하구나
중도를 지키자니 쉽지 않아
아내의 담백한 식단을 찾고
홀로 책상에 앉아

책장을 넘기고
4B연필로 그림을 그려보노라

단주로 달포가 지나자
아픔은 사라지고
이젠 금주로
자세도 걸음도 회복
건강 제일이라.

장마

넋 잃은 하늘은 우울해서
어제도
오늘도
부리는 짜증

오늘은 한 가닥
울음을
터트리려는가

새벽이 무거워
뒤척이다가
후다닥 털고 일어나

소나무 바람
시원하게 맞이해주는
산으로
산으로 간다

산비둘기 종종
쪼르르 참새

＞
하나 두울 발걸음
안으로 안으로
비춰보는
마음자리.

쪽배

출렁거리는 검은 바다
건너는 쪽배 하나

성낸 하늘은 주름지고

차가운 바람
마음은 갈대

부르는 소리 들으면
달려가리라
아직은

허리끈도
신발 끈도
졸라매고

햇살 부드럽던
그날들
그리워라

저 고개 넘어가

닻을 내리고

엄마 품에 안기리라.

우정

참
세월은 호시절
그리운 이는 어려워도
보고 싶은 이는
마주앉아
후라이판의 낙지
서해 어딘엔가
거주지를 두셨던
귀한 분을 알현하네

바다가 하나인데
거주지를
따져 무엇하랴

마늘, 양파, 야채,
매운 고춧가루,
공들여 만든 육수
이것이면
그만이어라

푸짐한 산해진미
시원한 소주잔에
달포의 그리움을 씻는다

그때
그 시절의
감로정甘露亭

오늘은 소주잔에
부었고나.

이상한 하늘

하늘이 높아
고개 아프고
가을은 이상해
왜?
내 마음을
쪼그려 들이려 하나

여유롭고
느긋함은
잠자고
내 발목 잡는
까칠함이여

부드럽고
따뜻한 말
내버려 두고
우정 어린
인사 한마디
못 하는가

내 입은
쪼그라들고
가슴도 닫혀

가을은 심술쟁이
가을은 센치쟁이
가을은 욕심쟁이
가을은 인상파
가을은 미워라.

행복보금자리

장산 넓은 자락 아래
옹기종기 해운대라!

우리는 이웃사촌
센텀 삼환가족이라네

우동천 끼고 내려
두물머리에 자리한 보금자리

동쪽에는 낭만 달맞이 언덕
그림 같은 동백섬 사이
황금모래 해운대 해변
복 거북이 모이는 구남온천

남쪽에는 56도 갈매기 춤추고
아름다운 다이아몬드 브릿지

북쪽에는 황금고기가
사는 금정산

비로 여가는 해운대의 관문
재물이 모이는 황금단지

이 땅은 사람이 나면 인걸이 되고
재물이 절로 늘어나는 보금자리

이웃을 내 동기처럼 사랑하고
어른을 내 부모처럼 공경하고

훈훈한 미소
따뜻한 인사말

여기는 명품 행복아파트
부산 해운대 센텀 삼환아파트
만세 만세 만만세!

청자다방

청춘은 자유다
청자다방
군고구마 카페
그 시절 음악실에 앉은 듯
설레고 설렌다
앙꼬 없는 찐빵이 아니다
수줍은 미소 아니어도
내 앞에는
코스모스
하늘거리지 않아도
국화 여인
미소 지으니
바랄게 없어라.

밤바다

처얼석 처얼석 처얼석
물결은 속싹이며
뱃놀이 불빛이 휘황하다

불볕 스르르 내려앉아
갯바위에 앉아 바다를 보노라
어둑하게 그으진 수평선에
파아란 안전 신호등 깜박 깜박

더위를 잊은 채 물장구치며
어리던 때로 뛰어들어
바다의 개구쟁이가 되다.

APT 비가悲歌

이웃해 있으면서
이웃이 없는
절해고도 같은
APT

이웃은 마치
쟝글 속의
맹수 같아라

사랑과
관심의
따뜻한 이웃정은
일찌기
가난도 나누고
슬픔도 나누고
고난도 이기고
절망도 뛰어 넘는다

오늘의
이웃은

원수처럼
핏발 선 눈으로
서로를 불신하며
서로를 경계하며
자기영역의
침입자처럼
치어다 본다

어른도
아이도
구별하기 힘든다

참으로
개 같은 세상이다

개만도
못한
세상이
되어 버렸다.

강을 건너서

오늘은 종일 비가 내리고
뿌연 창밖은 외로운 가
나의 시선을 맞이하던 큰 산은 어디론가 나가버렸다
텅 빈 회색의 세상
싸이렌은 목메어
소리소리 지르며 달려간다
강을 건너려는 저 몸부림
줄지어 건너고 또 건너는
저 아우성! 미끄러운 길을 달리는 구급차,
그땐 영화를 보듯 지나쳤건만
여든의 문턱에 선 나는
산소마스크를 쓴 체
누워 헐떡이는 절친이 보이기도,
코로나로 가버린 K군의 생전모습을
지울 수 없구나.
그리고 ○병동에 누운 동기 L군
서글픈 상념은 곧추서고
그래도
줄기차고 요란하게 울려대는 사이렌 소리는
멀어져 가고 있다

부디 편안하게 가소서!

나는 고요하게 잠자듯 꿈길에서 도원을 찾아 가리라
그 강을 의연하게 건너서.

격려사激勵辭

조동운
(신라대학교 평생교육원 웰빙 명리학 외래교수)

　해암海岩 강언관姜彦寬 선생께서『나는 실버 통역사』라는 이름으로 시집을 출간하게 되어 겸하여 축하와 격려사를 드리게 되어 매우 기쁘게 생각합니다. 해암 선생은 문사철文史哲을 두루 섭렵涉獵 하시고 그의 학식學識과 덕망德望은 이미 학계에서 널리 존숭尊崇받을 뿐만 아니라 고매高邁하신 인품人品으로 지식인들의 선망羨望을 받고 있음은 자타가 인정하는 분으로써 조용히 학문에 열중하고 계시는 줄로만 알았는데 갑자기 새로운 분야의 詩의 세계에 입문하시고 첫 시집『나는 실버 통역사』를 발간하시게 되었다니 놀라운 일이 아닐 수가 없습니다.

　항상 선배들에게는 존경함에 손색이 없으며 후배들에게는 각별한 사랑으로 이끌어 주심에 인색함이 없어 모두가 스스로 존경해 마지않는 해암 선생은 요즘 미술에 심취하여 후배양성에 여념이 없다고 들었는데 어느새 또 시문학에 남몰래 입문하여 시집을 발간한다 하니 어찌 놀라지 아니하겠습

니까?

해암 선생은 늘상 사물을 관찰하심에 격물치지格物致知로 사물의 이치를 궁구하여 그 결과로 얻어지는 사실을 인간의 생활에 적용하려 매우 애를 쓰셨습니다. 이번 시집도 인간생활의 복잡 다양한 생활양식에 서정적 감성이 울어 나는 그대로 표출시켰음을 볼 수 있습니다.

집콕의 독서삼매라
또 남는 시간이라
5채 천자문 서첩을
손으로 만들고
모필을 다듬어
정성껏 임시로 하니
오천 자를
보름 걸려 써 버렸네
그 뜻이 새롭고
필력까지 힘차게 되었다.

아직 팬데믹!
지구는 바이러스 전쟁 중.

– 「코로나19」 부분

위의 시에서 "코로나 19"로 몸살을 앓고 있는 지구상의 사람들에 대한 실상을 자신의 책상 위로 끓어 들여 모든 인류에게 희망을 품게 하는 서정시로 끝에서는 "아직 팬데믹! 지구

는 바이러스 전쟁 중." 이라 하여 침착하게 이 시기를 극복해
가려는 용기를 모든 사람들에게 심어 주려하고 있습니다.

　　20년 전 독서계를 휩쓸어 버린
　　시오노 나나미
　　 '로마인 이야기'
　　책장 맨 위쪽에서 깨워 보니
　　빛바랜 페이지

　　눈에 잘 맞지 않은 글씨체가
　　그래도 로마가 낳은 유일한
　　창조적 천재
　　왔노라. 보았노라. 이겼노라!
　　역사의 영웅
　　율리시아 카이사르!

　　숨결을 따라 함께 걸어 보니
　　명문장, 명연설로도
　　언어 선택의 명장으로
　　로마인을 환호 시킨
　　문무겸전의 지도자
　　BC 100~44년을 걸었다.

— 「코비드19」 부분

　시인은 이 시에서 시간적 공간적으로 자연이 뿜어내는 형

상과 사실을 그대로 옮겨와서 서사시로 표출하여 시적 감각을 풍요롭게 나타내는 등 시를 처음 쓰는 사람으로서 과감하게 폭 넓은 시대를 거슬러 시간과 공간을 넘어 우리에게 깊고 넓은 교훈을 서사시로 구성하여 표출 시켰습니다. 강 시인의 깊고 넓은 때와 공간을 초월한 로마의 지도자를 눈앞에 상기시키며 우리에게 희망을 준, "창조적 천재, 왔노라 보았노라, 이겼노라" "문무겸전의 지도자. BC100~44년을 걸었노라"라 하며 어려운 상황을 시인의 감성과 사색으로 무난히 소화시키는 능력을 구사하였다고 보아집니다.

나의 통풍도 기세를 부리는 것
우정을 가지자니 건강이 위태롭고
건강을 챙기려니 우정이 소원 하구나
중도를 지키자니 쉽지 않아
아내의 담백한 식단을 찾고
홀로 책상에 앉아
책장을 넘기고
4B연필로 그림을 그려보노라

단주로 달포가 지나자
아픔은 사라지고
이젠 금주로
자세도 걸음도 회복
건강제일이라

－「통풍」부분

이 시는 강 시인의 인생행로의 고달픔과 사회적 영향을 아내와 자기의 가정으로 이끌어 "아내의 담백한 식단을 찾고/단주로 달포가 지나자/아픔은 사라지고/이젠 금주로/자세도 걸음도 회복/건강제일이라"

이렇게 우리들 모두에게 행복의 지름길을 일깨워 주는 참된 생활과 행복을 추구하는 진리를 묘사 하였다고 보아집니다. 어떤 핑계나 변명을 늘어놓는 것이 아니라 "달포가 지나자 아픔은 사라지고…" 아주 쉬운 언어로 모든 것이 행. 불행의 기초는 내 자신에 존재함을 말해 주고 있다고 봅니다. 간결하면서 우리에게 시사 하는 바가 매우 크다 할 것입니다.

조용하고도
쓸쓸한 갯가

그래도
사랑과 평화로 짜 만든
낮은 울타리

가시내는
고고한 장닭

대한해협
포성으로
몸부림칠 때

높은 고갯길
잠깐 쉬어 뒤돌아보며
그래도
어금니 깨물고
두 손 불끈 쥐었네

뼈대 센 집안
7남매 큰며느리가 되어
전쟁 같은 나날을
헤쳐 왔네,

울 엄마 구름 잡힐 듯

- 「울 엄마 2」 부분

이 시만 보아도 강 시인은 매우 효성이 지극한 감성으로 어려운 2차 대전의 소용돌이 속에 우리네 어머니들의 참담한 생활을 즐거운 낱말로 묘사하였고 어떤 꾸밈도 가식도 없이 "울 엄마 구름에 잡힐 듯" 애절하게 어머니를 그리고 보고픈 정감은 모든 이에게 가슴을 뭉클케 합니다. 효심이 짙게 깔려있는 인품에 고개를 숙입니다.

밥풀 몇 알 우물거리고
매운탕 국물만
치어다보는 내 친구야

철없이 떠들던 세월은 가고
늙은이 되어 앉았네.

- 「영도다리」 부분

참 재미나는 시라고 생각이 듭니다. 그 많은 세월 땅과 땅을 가로질러 오르고 내리던 그 친구 "영도다리" 그 때 그 시절 어려웠던 우리의 부모님 네들의 참담했던 세월이 흘러간 뒤에 지금은 역사의 유물이 되어 그래도 우리 후손들에게 늙은이로 앉아있습니다.

시인은 인류의 문화가 발달할수록 다양성과 전문성 고도의 기술성, 개인성 등의 복잡 미묘한 사회구조에 대한 선과 악, 무엇이 정의이며 무엇이 부정인지에 대한 판단을 결정하는 철학을 담아 시로서 저항하기도 하고 또 올바른 길잡이로 표현하려는 노력이 뚜렷하였습니다.

『나는 실버 통역사』 시집 전반에 걸쳐 감성적 서정세계를 넘어 객관적 관조의 세계를 보여주는 강 시인은. 역사적인 사실에 영탄하던 종래의 시와는 달리 평범한 재재를 평이하게 표출하려 애를 써가면서 인간의 희, 노, 애, 락, 애, 오, 욕을 시로서 승화시키려 붓을 든 것 같습니다.

'코로나19'로 온 지구가 야단법석임에도 어려움을 무릅쓰고 출간하게 된 『나는 실버 통역사』의 시집은 절망과 좌절에 빠진 영혼들에게 많은 도움이 될 수 있다고 확신하며 앞으로도 계속 시문학 발전에 크게 기여하시기를 바랍니다. 아울러 계속해 제3권 제4권으로 품격 있고 향기 나는 사랑받는 시집 발간을 기원하면서 그동안 강 시인의 노력과 정성에 아낌없는 격려와 찬사를 드립니다.

노년의 일상을 보람 있게 보내는 방법으로서의 시
−강언관 시집 『나는 실버 통역사』의 작품 세계

양왕용
(시인, 문학평론가)

(1)

강언관 시인은 그의 약력에서 70세에 시단에 데뷔하였다고 밝히고 있다. 달리 말하면 노년기로 접어드는 시기에 시단에 등장한 것이다. 보통 이런 경우에는 나이를 숨기는 경우가 많다. 왜냐하면 대체적으로 다른 분야에서도 그러 하지만 특히 문단의 경우 등단 햇수를 따져 시인을 평가하는 경우가 많기 때문이다. 그러나 강 시인은 당당하게 늦게 데뷔한 것을 밝히고 있다. 이러한 태도는 일종의 자신감이다. 그리고 그 자신감은 그의 육체적인 나이나 정신적 나이가 젊고 건강하다는 데서 왔다고 볼 수 있다. 사실 강 시인을 가까이서 지켜보면 그의 용모나 발걸음 그리고, 음성 등이 실제 나이보다 훨씬 젊어 보인다. 이렇게 육체적인 젊음에다 그의 삶의 자세 즉, 노년을 보람 있게 보내자는 생활철학을 가졌기 때문에 정신적으로도 젊음을 유지하고 있다.

(2)

강언관 시인은 노년을 정신적으로도 보람 있고 젊게 보내는 하나의 방법으로 시작을 하고 있다. 그 때문에 그의 시에서는 비유나 상징과 같은 시적 기법을 발견하기보다 그의 일상과 사물에 대한 느낌을 직설적으로 토로하고 있다. 이러한 시작 태도는 창작된 시들이 산문과 구별되기 어려워 시세계가 부정적으로 평가할 수도 있다. 그러나 그러한 단점을 강시인의 경우 그가 가지고 있는 특유의 경쾌한 음악성으로 극복하고 있다.

할멈 바람 매서운
영도다리에 서니
봉래산 정수리와 마주쳐

해는 천마산 뒤로 숨었는데
갈매기 날갯짓하는 자갈치
문어장사 초등학교 동기 문자는
전기장판에 누워 허리를 지지고
옆 점포 산 곰장어 아지매
핏발 오른 눈망울 무겁게 걸고 있네

현인이 부르는 금순이는 보이지 않고
기력 빠진 친구들 모습 뿐
어찌 저리도 변했능교

포항물회도 화중지병이요

매운탕 국물만

치어다보는 내 친구야

철없이 떠돌던 세월은 가고

늙은이 되어 앉았네.

- 「영도다리」 전문

　강언관 시인은 부산 토박이다. 보수동에서 태어나 영도에
서 성장하여 초 · 중 · 고등학교를 그곳에서 다녔다. 그리고
나서는 청 · 장년기에도 직장생활을 영도에 있는 대한조선공
사(현재의 한진중공업)에서 하였다. 따라서 강 시인의 고향
은 영도라고 해도 틀린 말은 아니다.

　인용 시 「영도다리」는 이러한 강 시인의 삶의 역정이 녹아
있는 작품이다. 첫 연과 둘째 연에서 시적화자 즉 강 시인은
영도다리에서 서구 암남동 쪽의 천마산을 거쳐 자갈치 앞 바
다의 갈매기를 바라본다. 그러다가 영도다리를 건너 영도에
서 평생 문어장사를 하는 초등학교 동기 '문자'의 근황에 관
심이 간다. 뿐만 아니라 옆 점포 주인여자의 신산한 삶도 살
펴본다. 셋째 연에서는 대중가수 현인(1919-2002)이 부른 '굳세
어라 금순아'를 등장시켜 세월의 무상함을 노래하고 넷째 연
과 마지막 다섯째 연에서 노인이 된 친구의 건강을 염려한다.
이렇게 강 시인의 시는 고향 영도를 시적 공간으로 하여 노년
기 문학으로서의 특성을 간직하고 있다.

화 목 토
정오부터 오후 3시까지
여러 나라 사람들을 만난다

나의 환한 미소를
오고 가는 이들에게
따뜻한 사랑의 향기를 보낸다

오늘은
항공모함 "로날드 레이건 호"
활기찬 미국 해군의 승무원들
귀를 쫑긋하게 세우니
해동용궁사를 찾는다

기념사진 한 장을 남기며
즐거운 한국여행
오래 남을 추억의 실버통역
봉사자가 되고 싶다
말레이시아 젊은 여자들
감천문화마을을!
전철을 서면에서 걸아타고
1호선 토성동역에 내려
마을버스를 타세요

일본 젊은이 커풀은

김해공항을

여기서 전철을 타고 한 시간 가량

사상역에서 내려 경전철로

김해공항을!

와까리마스까?

우물쭈물하면

함께 가서 티켓을 뽑아주고

잔돈을 바꾸게 하고

큰 가방은 쉽게 나가는 문을

세계의 젊은 여행객과

나누는 미소가

너무 좋다

3 시간이

너무 빠르게 달려간다

– 「나는 실버 통역사」 전문

　인용 시 「나는 실버 통역사」는 노년의 일상을 어떻게 보람 있게 보내고 있는가 하는 점을 짐작할 수 있는 작품 가운데 하나이다. 강 시인의 작품들은 이러한 경향의 작품들이 많다. 그가 오랜 인연의 사람들과 만나 산행을 하는 경우도 있고 이렇게 그의 외국어 구사 능력을 바탕으로 관광객들에게 간단한 길 안내를 하는 경우도 있다. 그 가운데 가장 뜻 있게 보내는 것이 세칭 '실버 통역사'라고 파악하여 이 작품을 골랐

으며 이 작품을 이 시집의 제목으로 삼았다.

　이 시의 특색은 앞에서도 잠시 언급했지만 비유나 상징보다 직접적인 행동 묘사에 집중하고 있다. 그러하면서도 감정을 적절하게 절제하고 있다. 감정이 노출되고 있는 부분은 둘째 연과 마지막 일곱째 연이다. 둘째 연의 경우 관광객들과 대화를 하면서 나누는 미소가 그들에게 소박하지만 도움이 되기를 소망하는 부분이다. 이 부분에서는 강 시인의 작품에서는 드물게 보이는 시적 비유 '사랑의 향기' 라는 후각적 이미지가 등장한다. 그리고 마지막 일곱째 연에서는 이러한 외국인 관광객들과 대화와 미소를 나누는 것이 좋다고 진술한 것이다. 그러나 이 부분 역시 봉사하는 '3시간이 /너무 빠르게 달려간다'고 하여 경쾌한 시간적 이미지로 마무리 하고 있는 점에서 시적 형상화를 성공하고 있다.

　셋째 연의 미국 해군 승무원들과의 만남, 넷째 연의 말레시아 젊은 여자들과의 만남, 다섯째, 여섯째 연에서의 일본 젊은이 커플과의 만남들에서도 간략하게 사건만 제시하는 것으로 인하여 이 시는 전반적으로 군두더기 없이 노년의 삶을 경쾌하고 역동성 있게 형상화하는 데에 성공하고 있다.

　　낙도 충남 스산 참 농부의

　　7여 1남 중

　　일곱째 딸

　　7전 8기

　　동생 아들 태어나

　　전주 이 씨 대를 이으시네

막내 딸

발길에 채이는 들풀처럼

살아 남았네

눈치 없고 말없는 산이 좋아

산 아가씨

산처럼 살으리라 하다가

산에서

동갑내기 찐 사나이 만나

어느덧

1녀 2남 두고

산 닮은 그대로

오로지 가족사랑

가장 아끼는 사위는

내 남편

공군 원사 내 사랑

사랑비 내리는

부산 시댁은 아들만 둘

시 어머니

시 아버지

하늘의 축복

청산에 살으리라.

– 「작은 며느리」 전문

인용 시 「작은 며느리」는 강 시인의 시의 많은 부분을 차지하는 만난 사람과 가족들에 대한 시들 가운데 한 편이다. 필

자로서는 대단히 민망스러운 일이기도 하는데 그 가운데 필자의 이름을 제목으로 한 시도 한 편 있다. 이러한 가족과 만난 사람들에 대한 시편들을 쓰는 노년기의 시인들은 비단 강 시인뿐만 아니다. 그 동안의 살아온 삶을 되돌아보는 측면에서 앞으로도 이러한 시편들은 많이 쓰여 질 것이다.

이 시 「작은 며느리」의 경우에도 강 시인 특유의 긍정적인 삶의 방식에서 나오는 경쾌한 리듬이 있다. 그리고 이 시는 강 시인의 작품 가운데는 드문 연 구분이 안 된 작품이다. 그러한 까닭은 강 시인이 '작은 며느리'에 대한 사랑 때문이라 생각된다. 강 시인의 작은 며느리는 산을 좋아 하다가 역시 산을 좋아하는 작은 아들과 만나 2남 1녀 즉 두 손주와 한 손녀를 강 시인 부부에게 안겨준 며느리이다. 산이 좋아 산을 좋아하는 남편을 만났으며 직업군인이라 군부대가 있는 전국의 산으로 옮겨가며 살면서도 오로지 남편과 아들딸 그리고 시부모를 아끼는 착한 며느리이기에 어쩌면 오늘날에는 찾아보기 힘든 며느리이기도 하다. 그렇기 때문에 시아버지인 강 시인으로서는 사랑스럽기 짝이 없을 것이다. 그런데 시아버지이면서도 작품 속에서 시어머니를 먼저 열거한 까닭은 여성인 며느리를 배려한 측면을 보여준 것이라고 보아도 될 것이다. 이 시가 더욱 감동적으로 읽히는 까닭은 시적화자가 마지막 부분에는 며느리로 바뀐 부분 때문이다. 비록 화려한 삶은 아니지만 행복하다고 인식하는 며느리나 그 며느리를 시로 형상화한 시아버지의 모습에서 독자들은 미소를 머금을 수 있을 것이다.

(3)

　강 시인의 몇 작품 속에서 그의 노년의 성실한 삶과 긍정적인 삶의 태도를 충분히 엿볼 수 있었다. 그러나 그에게도 지난날의 어려움이 없지는 않았을 것이다. 그 동안의 어려웠던 삶을 극복하고 앞으로의 행복한 나날을 소망하는 시 한 편을 인용하면서 부디 강 시인의 남은 생애도 이 시편들처럼 건강하고 긍정적이고 젊음이 넘치기를 소망하는 바이다.

　　출렁거리는 검은 바다
　　건너는 쪽배 하나

　　성낸 하늘은 주름지고

　　차가운 바람
　　마음은 갈대

　　부르는 소리 들으면
　　달려가리라
　　아직은

　　허리끈도
　　신발 끈도
　　졸라매고

　　햇살 부드럽던

그날들

그리워라

저 고개 넘어가

닻을 내리고

엄마 품에 안기리라.

— 「쪽배」 전문